KB089244

콧구멍의 모험

Adventure
of
Nostril

by

H.W. Noel Bahk

"산 어디선가 모험하고 있을
나의 딸 디디(2010~2022)를 꿈꾸며."

Adventure of Nostril

1

그것은 동그랗고 부드러워서 올라갔다 내려갔다를 반복하면 바라볼 수밖에 없게 만들었다. 엄마는 놀아줄 때 늘 그것을 멀리 던졌다. 그런데 지금 저 위의 동그라미는 그것보다 느리게 올라갔다 내려갔다. 빨갛게 떠오른 그것이 올랐다 내려오면, 또 다른 하얀 동그라미는 결국 열기를 끊어냈다. 유독 무더웠던 게 사라지며 산들거리는 바람이 불기 시작했고 그때부터 더위는 견딜 만해졌다. 처음으로 경험하는 일이었다. 더위를 참을 만 해지자 앞에 서있는 기둥에 달린 털은 점점 밝은 노란색으로 변해가고 쿰쿰 한 냄새의 똥을 떨어뜨렸다. 그 아래에서 그걸 가만히 기운 없이 바라보고 있었다. 어둠과 밝음이 반복하는 동안 아무것도 먹지 못했기 때문일까? 어느새 어떤 생각이 떠올랐다.

'엄마가 언제 오려나?'

엄마는 앞에 밥을 남겨놓고 갔었다.

'이번에는 밥을 많이 줬네.'

평소보다 많이 먹었을 뿐인데, 한꺼번에 너무 많이 먹었는지 토를 몇 번 해버렸다.

엄마는 항상 이러다 결국 돌아온다.

'평소에는 이렇게 묶어 두진 않았는데, 살짝 불편하다. 그런데 여긴 어디지? 낯설어.'

조금 더 기다려 본다.

언제부턴가 멀리서 바라보는 눈길이 있었다. 보이진 않지만 알 수 있었기에 경계를 했다. 그의 냄새가 바람을 통해 강한 존재를 드러냈기 때문이다. 몸을 힘겹게 일으키며 주의를 줬다.

"저리 가! 가까이 오지 마!"

그의 냄새에서 꽤나 강한 모습의 형상이 보였기 때문에
더 크게 울부짖었다. 하지만 그도 냄새로 이미 알아차렸을
것이다. 사실 그를 상대하지 못할 것이다.

다음 어둠이 찾아왔을 때 너무 힘이 없어 꼼짝 못하고
있었다. 그때 전에 맡았던 그의 냄새와 함께 다른 존재들이
다가오는 것을 느꼈다. 짖고 싶었지만 너무 목이 말라서
목소리가 나오지 않았기에 그냥 포기에 이르렀다. 어차피
그들에게 맞설 수 없을 테니까. 꼬리를 집어넣었고 옆으로
누운 채 그들이 서있는 방향을 바라보았다. 용기를 내고
싶었지만 몸은 이미 떨고 있었다. 억누르고 있었던 한 가지
생각만이 머릿속에 떠올랐다.

'엄마가 있었다면.'

그는 내려다보며 무어라 말했지만, 알아듣지 못했다. 곧이어
그와 함께 온 다른 존재들이 목에 걸린 것을 풀려고 하는
눈치였다. 몸이 말을 듣지 않았고, 깊은 잠에 빠지고 말았다.

2

눈을 떴을 때 앞에는 먹을 것이 있었다. 허겁지겁 급하게 먹느라 앞에 누가 있는지 알아채지도 못했다. 그러나 그들의 냄새가 강하게 풍겼고, 그제야 앞에 서있는 그들을 볼 수 있었다.

"이제 자유의 몸이다. 떠나라."

강한 냄새를 풍기던 그가 말했다. 어두움 같은 털이 온몸에 뒤 덮인 그는 귀가 꼿꼿이 서있었고, 그의 눈은 어두움 속에 밝은 동그라미처럼 지켜보고 있었다.

"자유? 그게 뭐야?"

'자유'라는 것은 처음 들어본 말이었다.

"이제 묶여 있지 않으니까 떠나도 된다는 얘기야."

옆에서 높은 목소리로 좋알 좋알 대며 작은 아이가 대답했다. 그녀는 몽글 몽글하고 폭신하게 보였으며, 키가 너무 작아서 주저앉아야 주둥이가 맞닿을 것 같았다.

"떠나? 왜? 엄마를 기다리고 있잖아."

"답답하네. 네 주인은 너를 버린 거야. 누가 밥을 사흘 어치만 남겨놓고, 묶어 두고 가냐고?"

작은 아이가 하는 말 중에는 모르는 말도 많았고 무엇보다
'버린 거'라는 게 무슨 말인지 알아듣지 못했다. 아무 말
하지 않고 가만히 있자 그녀는 답답했는지 '왈!' 짖고 고개를
돌렸다. 그러자 그 옆에 있던 눈 높이가 비슷하고 훨씬
날렵해 보이는 아이가 그녀에게 말했다.

"너도 나도 처음에는 그랬잖아. 원래 우리에게 자아가
생기기 까지는 시간이 조금 걸리니까. 이 아이는 아직 인간과
멀어진지 그리 오래되지 않았으니까 시간이 필요해." 그가

친절한 목소리로 말했다.

"내 이름은 조니야. 이 작은 친구 이름은 제임스고, 이 덩치 큰 친구는 잭. 그리고 여기는 알고 있지? 며칠 전부터 냄새를 맡았을 거니까. 발이라고 해. 발은 우리 떼를 이끄는 대장이지. 지금은 아마 모든 상황을 이해하기 힘들 거야. 하지만 겁먹을 필요 없어. 우리가 도와줄 테니까. 너는 이름이 뭐야?"

"이름?"

"엄마가 너를 뭐라고 불렀어?"

"나?"

처음으로 '나'라는 것을 생각해 보았다. 잠깐 떠올려 봤지만 엄마가 부를 때 냈던 소리를 따라 하기는 힘들었다. 그러자 조니가 다가와 나의 목을 자세히 들여다보았다. 엄마가 내 목에 걸어준 것을 들여다보더니 무엇인가 발견한 듯 만족스러운 표정을 지으며 말했다.

"콧구멍이네."

"콧구멍?"

"응, 그렇게 쓰여있어."

"내 이름이 여기에 있다고?"

나는 그날 그들에 의해 내 이름을 처음 알게 되었다. 엄마가 불러주는 소리와는 다른 소리로 불렸지만, 그것은 엄마가 나에게 붙여준 이름이란 것이다.

그들은 나와 함께 어둠이 몇 번 오는 것을 마주하며 자리를 지켜주었다. 그리고 나도 점차 그들이 하는 말들과 단어들을 알아들을 수 있었다. 하지만 아직 전부 이해하는 데는 어려움이 있었다.

그들은 자신들을 '술'이라고 부르며 영원히 죽지 않는 몸이라고 했다. 그게 무슨 말인지 깨닫는데 꽤 많은 시간이 걸렸지만 조니는 차분하게 알려줬다.

"술은 불멸의 존재야. 무슨 말이냐면 우리는 영원히 살 수 있다는 말이지. 하지만 인간과 가까워지면 수명이 생기게 돼. 그리고 지금과는 다르게 지능이 사라져 버려 자신조차 잃어버리게 되지. 그리고 결국에는 숨을 거두게 되는 거야. 우리가 인간과 가까이 살게 되면 그때부터 자아와 영생이 없어져 버리는 것이야."

조니는 굉장히 똑똑했기에 그의 말은 정확하게 이해하기란 영 힘이 들었다. 그런 내게 제임스가 말했다.

"얘 아직도 못 알아 들었네, 참나. 엄마를 멀리하면 앞으로 너는 배고플 일이 없다는 얘기야. 머리도 좋아지고 말이야."

그리고 제임스의 말을 이어 받아 잭이 깊은 목소리로 으르렁거리며 말했다.

"너네 엄마나 모든 인간들은 우리에게 해로운 존재야."

"엄마가 그럴 리가 없어. 엄마는 항상 돌아왔어. 너희들은 이해 못 하겠지."

"멍청한 것." 잭은 내 몸을 툭 치고 지나갔고, 그의 뒤를 제임스가 따라갔다.

조니가 고개를 저으며 말했다.

"이해하렴. 저들도 나름 상처가 있어서 그런 것이니까."

"쟤들 어디 아파?"

"아니. 마음에 상처가 있다고."

"마음? 그게 뭔 데?"

"설명하기 힘든데. 만약 엄마가 돌아오지 않는다면 어떤 생각이 들 것 같아?"

"엄마는 돌아올 거야."

"그럼, 엄마가 아파서 못 오는 것이라면 어떨 것 같아?"

"엄마가 아파? 어디가 아픈데?"

"아니. 만약에 그렇다면 말이야."

"만약?" 조니는 아직 어려운 말을 많이 썼다. 그는 잠시 고개를 갸우뚱하며 동그라미가 숨을 때처럼 깊이 생각하는 것 같았다.

"음, 그럼 이렇게 얘기할 게. 콧구멍, 네가 지금 엄마를 기다리는 것처럼 제임스도 한때 아빠를 기다렸어. 하지만 제임스의 아빠는 돌아오지 않았어. 계속 말이야. 엄마 기다릴 때 어떤 기분이 들었어?"

"그때 밥도 먹기 싫고 움직이기 싫어."

"엄마가 돌아오면 어떨 것 같아?"

"너무 기쁠 것 같아."

"그걸 마음이라고 해."

"아!" 마음이 뭔지 알 것 같았다. "그럼 잭은? 잭도 아빠나 엄마가 돌아오지 않은 거야?"

"잭은 조금 달라. 잭은 평생을 인간 때문에 갇혀 있었어. 어쩌다 운이 좋아서 도망을 쳤고, 다행히 우리를 만난 거지. 그래서 잭은 인간을 정말 싫어해."

"갇혀?"

"그건 지금 중요하지 않으니까 차차 설명할 게."

"조니는? 조니도 마음에 상처가 있는 거야?"

"여기서 발을 제외하면 다 인간과 살았던 적이 있어. 그러니까 발을 빼고는 다들 상처가 있다고 봐야겠지. 하지만 오랫동안 술과 살면서 그들은 잊게 되었어. 나는 지금 행복해."

조니의 말을 다 이해하기 힘들었지만 나는 고개를 끄덕이며 이해하는 척했다. 그리고 멀리서 마을을 지켜보고 있는 발을 보았다. 발 역시 마음의 상처가 있을까?

3

꽤 오랜 시간이 흘러 사람들과 교류를 하지 않은 채 24 절기가 지났을 때 즈음, 나는 자아를 찾을 수 있었고, 술에 대해 더 많은 사실들을 알아냈다. 술은 사람의 마을과는 꽤나 거리를 두었고, 그곳에 잠시 머무르다 노랗고 파란 기둥들이, 아니 나무들이 우거진 다른 산으로 이동했다. 이는 술이 한 곳에 너무 오래 머물다 보면 사람들이 술의 존재를 발견하게 될 것이고 곧 해할 것이라 믿은 발의 생각 때문이었다.

술은 해와 달, 그리고 대지와 소통했다. 나에게는 그저 천천히 오르락내리락하던 동그라미에 불과했던 것들이 낮에는 우리에게 시야와 생명을 주는 것으로, 그리고 밤에는 밤길을 밝혀주는 것과 잠을 선물하는 것이 되었다. 대지는 우리에게 감각을 일깨워줬고 설 수 있는 토대를 제공했으며, 자양분을 주고 호흡을 할 수 있게 했다. 술은 해가 떴을 때,

달이 떴을 때, "구-우~!" 하고 구호를 외치기도 했다.

점차 나는 많은 것을 깨달았고, 조니가 하는 말마저 많이 이해할 수 있게 되었다. 예전에는 할 수 없었던 생각들을 할 수 있게 되었기에 기뻤다. 분명 부족할 것이 없었다.

그러나 가끔 어둠이 찾아올 때 어딘가 허기진 느낌은 지울 수 없었다. 배고픔이 없고, 목이 마를 이유가 없는 데도 불구하고 말이다.

4

어느 날 갑작스레 안 좋은 꿈을 꿨다. 그 꿈에는 엄마가
나왔는데, 그녀는 아찔해 보일 정도로 높고 날카로운
언덕 위에 서있었고 가파른 절벽과 몇 발짝 안되는 거리에
아슬아슬하게 서있었다. 그녀의 등 뒤에서는 돌풍이 불고
있었는데 자칫 잘못하면 절벽 아래로 떨어질 것만 같았다.
그럼에도 불구하고 엄마는 홀린 듯 뭔가를 바라보고
있었고, 그것은 내 시야에서 너무 흐리게 보여서 무엇인지
알 수 없었다. 대지는 그녀를 조금씩 절벽 가까이 밀어내고
있었다. 나는 엄마에게 소리쳐 경고를 줬지만 그녀는 듣지
못했고, 앞을 보지도 못했다. 그녀는 낭떠러지에서 끝이
없는 어둠 속으로 몰아넣어졌지만 떨어지는 순간조차
자신의 상황을 인지하지 못했다.

그 꿈을 꾸고 난 후, 나는 잠시 사람들의 마을 언저리로
내려가 보았다. 먼 곳에서 마을을 내려다보며 사람들에
대해서 꽤 많은 것을 알게 되었다. 그들은 술과는 달리 해,
달, 대지를 알지 못했고, 무엇인가에 홀린 듯 서로를 보지
않았으며, 앞을 보지도 않았다.
이것이 궁금해서 조니에게 물었다. 하지만 그는 답을 알지 못했다.

Adventure of Nostril

그때 조니도 모르는 것이 있다는 것을 깨닫고 놀랐다. 이런 문제는 자신보다는 발에게 물어보면 좋을 것 같다고 했다. 사실 발과는 많은 대화를 나누어 보지 않아 살짝 긴장이 됐다. 나는 고개를 숙이고 발에게 다가가 물었다.

"발, 사람들은 왜 해와 달, 그리고 대지와 소통하지 않을까? 그리고 그들은 왜 앞을 보지 않는 것이지?"
어딘가를 바라보던 발은 한참을 조용히 서있었다. 그는 신중하게 나의 질문에 맞는 대답을 찾으려고 고민하는 듯했고, 그는 마침내 내게 답했다.

"인간들은 자연과 대화하는 법을 잊어버렸어. 그들은 해, 달, 대지와 소통할 필요가 없어졌거든. 때문에 그 능력이 아예 퇴화된 거야. 인간이 앞을 보지 않는 것은 그들이 자신의 자아를 상실해 버렸기 때문이지."

어려운 단어와 이해하기 힘든 말들이었다. 어쩌면 발은 조니보다 똑똑한 것 같았다. 하지만 조금 이해할 수 있었다.

그 순간 내게 떠오른 생각이 있었다. 만약 술이 사람과 함께 함으로 자아와 영생을 잃어버리게 됐다면 어쩌면 사람도 어떤 미지의 존재에 의해 자아와 영생을 잃게 된 것이 아닐까? 그렇다면 그 미지의 존재에서 멀어지게 해서 엄마도 구해야 하지 않을까? 어쩌면 엄마가 나를 버린 것이 아니라 잊어버린 것 아닐까?

은은한 어둠 속에 해가 숨었을 때, 나는 그 생각을 떨쳐낼 수 없었다. 사람들의 자아를 잃게 만드는 것은 무엇일까?

5

다음 날, 해가 뜨고 일어났을 때 모두 시야를 준 태양에
감사를 표한 뒤 또 다른 산으로 이동하기 위해 준비하고
있었다. 나는 떠나기 전 그들에게 말해야 했다.

"나 엄마를 도우러 가야 할 것 같아."
모두가 나를 바라보았고, 조니는 갑작스러운 나의 말에
놀라며 왜 그러는지 물었고 나의 생각에 대해 말했다.
"역시 엄마는 자아를 잃어버린 것 때문에 그런 거야. 나를
버린 것이 아니라고 생각해. 너희들이 나를 구했던 것처럼
엄마 역시 구해줘야 하는 것 아닐까? 우리가 사람에게서
멀어지면 자아를 되찾게 되고, 해, 달, 대지와 대화하듯이,

만약 사람들도 무엇인가에서 멀어지면 그들도 깨닫게 되지
않을까?"

발은 나의 눈을 깊이 바라보며 답했다.

"인간들이 무엇 때문에 자아를 잃었는지 우리는 알지 못할
거야. 그리고…"

그는 잠시 말을 멈추었다가 이어 말했다. "그들은 잊기를
선택한 거야. 설령 네가 엄마를 구한다 한들, 그것을 통해
네가 얻고자 하는 게 뭐지?"

발의 말에 난 그 어떤 대답도 할 수 없었다. 이제 상관없어야
할 것인데, 왜 아직 엄마를 구하고 싶은 것일까?

나의 침묵에 잭이 크게 분노하며 이를 드러냈다.

"어리석은 것. 우리가 기껏 구해줬더니 이렇게 떠나는 거야?
그리고 고작 한다는 말이 인간을 도와준다고? 자아를 찾게
하고 영원히 살게 한다고? 그것 봐! 내가 이래서 인간들과
오래 지낸 것들은 데려오면 안 된다고 했잖아."
제임스 역시 맞장구치며 말했다. "흥… 어차피 이럴 줄 알았어.
이러니까 인간이랑 오래 산 것들을 데려와서는 안 돼."

이에 조니는 그들을 중재하며 말했다. "이러지 마, 진정해
다들. 콧구멍, 인간들에게 그런 것은 없어."

"아니 분명 있을 거야. 난 그것이 무엇인지 알아야겠어."
모두가 발을 바라보며 그가 어떤 답을 주기 원했지만
그는 아무런 대답을 하지 않았다. 특히 제임스는 내 말에

혼란스러운 듯한 표정을 지었다. 그녀를 안심시켜 주려는 듯 잭이 말했다.

"말도 안 되는 소리 하지 마. 인간들은 그런 게 없어. 인간들은 그냥 악하기 때문에 우리를 이용하는 것뿐이야. 그저 필요할 때 쓰고, 더 이상 쓸모 없어지면 버리는 거야."

조니 역시 궁금했는지 발에게 내 말의 진실 여부를 물었다. 그러자 발은 그 무엇에 대해서는 직접적인 말을 피했고 그에게 말했다.

"수많은 술들이 한 번쯤은 어떤 해답을 찾기 위해 여행을 떠났지. 어떤 이들은 결국 우리 곁을 떠났고, 너희들은 여기에 남았지. 콧구멍이 인간세계로 가지 말라고 막지 않겠어."

이에 제임스가 고개를 내게 휙 돌리고 깡깡 대는 목소리로 말했다.

Adventure of Nostril

"아직 사람의 말도 제대로 못 알아듣는 애가 그런 걸 어떻게 알아낸다고 그런 무모한 짓을 해! 더군다나 인간에게 가면 너는 그때부터 240절기 이상 살지 못할 거야."

"괜찮아. 그 시간이 가기 전에 다 끝날 거야."

발은 나를 지긋이 바라보며 떠나라고 말했다. 그때 조니가 내게 말했다.

"네가 찾던 답을 얻기를 바랄 게. 그리고 돌아와서 그 무엇이 뭔지 꼭 알려줘."

나는 고개를 끄덕이고 그들을 뒤로 한 채 마을을 향해 내려갔다.

6

산을 걸어 내려오는 중턱부터 나는 어떤 힘에 의해 약해지는 것 같았고, 코는 꽉 막힐 정도의 고약한 냄새와 먼지들 때문에 어지러워지는 것 같았다.

'사람들은 참 이상해. 이런 곳에서 계속 살고 있다니. 여기 오래 있으면 내 자아까지 오염될 수 있겠어. 빨리 엄마를 구하고 나와야겠어.'

나는 최대한 숨을 아끼며 산길의 끝까지 단숨에 내려왔다. 산에서 내려왔을 때 오랜만에 딱딱하고 차가운 땅을 밟고 깜짝 놀라고 말았다. 그때 멀리서 누군가가 염탐하듯 바라보는 듯한 느낌이 들었다. 나는 냄새가 나를 이끄는 곳으로 고개를 돌렸고, 그곳에는 파란 하늘 속에서 사뿐하게 떠다니는 부드러운 구름처럼 온몸이 새하얗고, 냇가 물처럼 투명하고 파란 눈동자를 가진 조그만 것이 온몸이 경직되어 얼어버린 듯 나를 바라보고 있었다. 나는 그것에게 천천히 한 걸음씩 다가갔고, 그 하얀 것은 몸을 더 움츠리며 앞다리와 뒷다리에 힘을 주기 시작했다. 들어본 적 있는 생물체였다. 고양이라는 존재다. 두려움과 궁금함이 섞인 모호한 표정을 바라보며 말했다.

"두려워하지마. 나는 술이야."

나의 말에 고양이는 깜짝 놀라 경계를 멈추고 고개를 숙여
예를 갖췄다. 그리고 뱀 같은 꼬리를 살랑대며 높은 목소리로
냥냥거리듯 차분한 목소리로 내게 말했다.

"술님은 처음 만나 보아요. 그래도 다행이에요, 술님이라서. 우리 고양이들은 술을 만나면 예를 갖춰야 하기 때문에 모든 개들 앞에서 멈춰서 확인해야 하죠. 그런데 항상 개만 만나게 되어서 쫓기게 되는 곤란한 상황이 많았거든요. 술님의 존함은 어떻게 되나요?"

"나는 콧구멍이야."

"흠, 흠... 콧구멍, 좋은 이름이네요. 콧구멍 님은 무슨 일로 인간 세계까지 내려오셨나요?"

고양이는 가르랑대며 흥미로운 듯 내게 말했다. 그의 말투는 청량하고 상냥하면서도 비아냥 거리는 것 같아 그리 기분 좋게 들리진 않았다. 하지만 예전에 발을 통해 들어본 적 있다. 개들에게 고양이는 늘 얄밉게 보이고, 믿을 수 없는 말투와 행동을 하는 것 같아 개들의 오해를 사고 쫓기는 신세가 되지만 사실은 정이 많고 묵직해서 가장 믿을 만한 동물이라고 말했다. 그들은 특히 술을 동경하기 때문에 한 번 친구가 되면 떼어낼 수 없는 우정이 만들어진다고 했다. 물론 그런 경우가 흔하지는 않다고 했다.

고양이에게 솔직하게 답했다.

"사람들의 자아를 잃어버리게 만든 것을 찾아다니고 있어.

그것을 찾아서 없애면 엄마도 자아를 찾게 되지 않을까 해서. 나는 엄마를 구하려고 그래."

고양이가 내 모든 말을 이해했는지 알 수 없었지만 고개를 갸우뚱거리며 새파란 눈으로 나를 가만히 쳐다보며 대답했다.

"엄마? 아! 집사들을 말씀하는 것이군요. 콧구멍 님은 원래 술이 아닌 집사들과 살다가 술이 되었군요."

나는 그렇다고 대답했고, 혹시 사람들의 자아를 잃어버리게 한 것이 무엇인지 아는지 물어보았다. 그러자 고양이는 깊은 생각에 잠겼다가 잠시 기지개를 켜고, 꼬리를 천천히 흔들거리며 내게 말했다.

"뭔지 알 것 같기도 해요."

"그래? 그럼 그걸 찾는 걸 도와줄 수 있겠니?"

나의 질문에 고양이는 '냥'하고 고개를 끄덕였다.

나와 고양이는 단단한 땅을 걸어서 사람들의 마을을 향해갔다. 이전에 엄마와 살 때 느끼지 못했지만 사람들이 사는 땅은 산속의 대지와는 달리 우리의 몸을 밀어내는 것 같았다. 나는 오랜만에 걷는 이 딱딱한 땅을 밟으며 내 옆에 사뿐하게 거니는 고양이를 엿보았다. 고양이는 내 오른쪽에서 들리지도 않는 조용한 잰걸음으로 살랑살랑 걸었다.

그 아이는 이상하게 내 옆을 거닐며, 내가 오른쪽에서 가까이
다가가면 조금씩 거리를 두며 멀어졌고, 내가 멀어지면 다시
가까이 다가왔다. 그 거리는 내가 좁힐 수도 넓힐 수도 없는
거리였다.

7

사람들이 많이 사는 곳에 도달했을 때 사방에서 들려오는 시끄러운 소리, 쾌쾌한 냄새와 텁텁한 공기, 그리고 해가 숨었는데도 사방에서 쏟아지는 수많은 밝은 빛들이 나를 어지럽게 만들었다. 멍하니 서서 혼란스러워하는 내 모습을 눈치챘는지 고양이는 걸음을 멈추고 내게 말했다.

"숨을 너무 깊이 들이마시지 말고, 귀는 닫고 있어요. 저 불빛은 직접 쳐다보지 말고요. 그렇지만 눈을 감지 말고, 계속 걸어요. 저 빠르고 커다랗고 네모난 것들이 순식간에 우리를 어디론가 데려갈 수 있으니."

나는 고양이의 말을 듣고 고개를 끄덕였다. 고양이의 말에는 왠지 모를 슬픔이 드리워져 있었다. 어지러움이 조금 사라지자 주변을 둘러볼 수 있었고 멀리서 사람들이 걸어 다니는 것을 구경할 수 있었다. 그리고 사람들 여러 명이 어떤 네모난 곳 앞에 줄지어 나란히 서있는 것을 봤다. 무엇인가를 기다리는 것 같아 보였다. 네모난 곳 안에는 사람들이 밥을 먹고 있는 것 같았는데, 바로 옆의 다른 네모난 곳에서는 사람들이 기다리지 않았다. 분명히 이 양쪽 네모난 곳 안에서 사람들이 밥을 먹고 있었는데 한쪽에 사람들이 더 모여있었다.

"저 사람들은 뭘 하고 있는 걸까?"
"밥을 먹으려고 기다리는 거죠."
나는 기다리는 사람들의 수를 세며 말했다.
"하나, 둘, 셋, 넷, 다섯, 여섯, 일곱, 여덟, 아홉, 열...하나"
"설마 수를 셀 줄 아세요?"
고양이가 놀라워하며 물었다. 사실 열까지 밖에 못 외서 그 이상은 셀 줄 모르지만, 그렇다고 의기양양하게 대답한 뒤 고양이에게 물었다.
"밥을 먹으려고 왜 기다리는 걸까? 사람들은 밥을 스스로 구하지 못하는 건가? 배가 고프면 직접 구하면 되는 거잖아."

고양이는 입맛을 다시며 답했다.

"원래 밥을 주는 역할을 하는 인간들이 따로 정해져 있어요. 아, 이따가 저기서 밥 달라고 하면 되겠네."

고양이의 말을 들어보니 문득 나도 예전에 엄마가 밥을 주던 때가 기억났다. 그러나 풀리지 않는 의문이 있었다.

"그럼 저 사람들은 왜 저렇게 줄지어 있는 것일까? 바로 옆에 들어가서 먹으면 되잖아."

"그러게요. 바보 같네요. 왜 저기로 안 들어가지? 아! 그런 것 아닐까요? 자신들이 먹을 수 있는 영역인 것이죠. 우리 고양이들은 다른 고양이의 구역에 들어가지 않으니까요."

"그런가? 그럼 저건 뭐지?"

어떤 사람이 밥을 다 먹고 네모난 자리에서 일어나서 작은 네모진 것을 다른 사람에게 건네 주고 다시 받았다. 고양이도 갸우뚱거리며 무엇인지 깊이 생각해 보는 것 같았다.

"아! 저건 자신이 이 영역에 들어올 수 있는 걸 보여주는 거 아닐까요? 사람들은 우리처럼 냄새로 이 구역에 들어올 수 있는지 확인할 수 없으니?"

고양이의 지혜에 나는 감탄할 수밖에 없었다.

Adventure of Nostril

8

나와 고양이는 조금 더 걸어갔다. 이번에는 아까 보다 훨씬
더 화려한 불빛들이 반짝이며 더 많은 사람들이 천천히 걷고
있었다. 네모와 네모 사이의 좁디좁은 공간에 사람들이 걷는
모습은 물살에 휩쓸려 떠다니는 낙엽 같았다. 가끔 네모난
곳으로 들어가는 사람들도 보였는데 그들이 다시 나올
때 즈음에는 앞 발에 네모난 것들을 여러 개 들고나오고
있었다. 나는 저들이 무엇을 하는 것인지, 그리고 무엇을
들고나오는 것인지 알고 싶었다. 그래서 그들의 행동을 주의
깊게 살펴보았다. 네모난 곳에 들어간 사람들은 이번에는
밥을 먹는 사람들과 다른 것을 하고 있었다.

어떤 사람들은 한참 동안 여러 가지 색의 털로 된 것을 자신
앞에 갖다 대며 네모난 것을 바라보았다. 그 네모 안에는
놀랍게도 그 앞에 선 사람과 똑같은 모습을 한 형상이
있었다. 네모를 바라보고 있던 사람이 털을 골라 들고
어디론가 사라졌다가 몇 번의 털갈이를 한 뒤, 다시 들어가
원래 입었던 털로 갈아입고, 그 고른 털들을 가지고 나왔다.
그 후 어떤 사람들은 빈 발로 네모난 곳에서 나왔고, 어떤
사람들은 한 발 또는 양 앞발에 네모난 것을 들고나왔다.

그들 역시 밥 먹던 사람들과 마찬가지로 네모난 곳에서
나오기 전에 작은 네모난 것을 주고받은 다음 가게에서
나오는 것을 볼 수 있었다. 이해하기 어려운 행동이었다.

"저 사람들은 뭘 하고 있는 걸까?"

한참 나와 같이 이 상황을 바라보고 있었던 고양이는 당연한
듯 답했다.

"털을 구하는 거죠. 아시다시피 사람들은 털을 스스로 못
만들잖아요."

"이미 털을 입고 있는데, 왜 또 구하는 거지?"

고양이는 앞 발로 세수를 하며 대수롭지 않은 듯 답했다.

"아무래도 곧 다가오는 추운 계절을 위해서 두꺼운 털을
준비하는 것이겠죠."

고양이는 역시 많은 것을 알고 있었다. 아마 바깥에서
사람들과 가까이 지내면서 오랜 시간 관찰을 했기
때문이라고 생각되었다. 그런데 아직 풀리지 않은 의문점이
하나 더 있었다.

"그렇다면 저렇게 많은 털을 가지고 가는 사람들은 왜 그런
것일까? 저렇게 많은 털이 필요할 것 같지 않은데."

고양이는 잠시 세수를 멈추고 고개를 숙이고 무엇인가를
깊이 떠올리는 것 같았다. 그리고 무엇인가 깨달았는지

고개를 들고 나를 우러러보며 답했다.

"사람들은 우리처럼 구애를 위해 늘 새로운 털로 단장하는 것일 거예요. 그러려면 다양한 털이 필요할 테니까요. 자신과 맞는 짝을 찾을 때, 그것에 맞는 털을 고르는 것이 아닐까요?"

"아!"

예전에 엄마가 구애를 하기 전에 늘 새로운 털로 단장하는 모습이 생각났다. 엄마는 나를 집에 두고 가기 전에 다양한 털을 입어보고 벗은 뒤 얼굴에도 이상한 것을 묻히고 숨 막힐 듯한 냄새를 풍기며 머리를 이상하게 손질하고, 몸단장을 한 뒤에 집을 떠났다.

"사람들은 입지도 않는 털을 많이 갖고 있는 것 같아."

고양이는 내 말을 듣고 동의하듯 고개를 끄덕였다.

9

산속에 살 때 네모는 볼 수 없었다. 가끔 사람들이 머물다 간 자리에 버려진 네모를 발견하는 경우는 종종 있었지만 대지는 네모를 만들지 않았고, 하늘에도 네모는 없었으며, 물속에도 네모를 볼 수 없었다. 4개의 지평을 모아 놓은 모양의 네모는 딱딱했고, 차가웠으며, 숨을 쉬지 않았다. 그것은 자연적이지 않았고 인위적이었다.

달이 까만 하늘에 자리를 잡고 정가운데 점을 찍자 점점 사람들은 차가운 땅에서 모습을 숨기기 시작했다. 사람들은 각자의 네모난 집으로 돌아가는 것 같았다. 사람들이 들어가거나 나간 네모난 곳의 빛도 조금씩 사라지고 있었다. 하지만 여전히 밝은 빛들은 완전히 사라지지 않았고, 산속과는 달리 잠시의 고요함도 지킬 수 없었다. 나와 고양이는 아까 수많은 사람들이 걸었던 거리를 한번 둘러본 뒤, 네모난 곳의 구석 뒤, 적당한 장소를 찾아 그곳에서 한숨 자기로 했다. 내가 편하게 옆으로 눕자 고양이는 우리가 걸었을 때의 거리보다 훨씬 가까이 다가와 자신의 몸을 돌돌 말아 내 앞발과 뒷발 사이 뱃속으로 몸을 붙였다. 아무래도

지금 온도가 고양이에게는 쌀쌀했는지 몸을 진동하듯 파르르 떨었고, 나는 그의 몸을 그대로 감싸 내 품 안으로 들어오게 했다.

해가 이제 막 떠오르려고 할 때 즈음부터 사람들이 오가는 발걸음 소리가 나기 시작했다. 나와 고양이는 자리에서 일어나 살짝 그들을 엿보았다. 어제와는 다른 사람들이 훨씬 빠르게 움직이는 것처럼 보였다. 시간이 갈수록 사람들은 점점 많아졌는데 모두가 밤 하늘처럼 검은 털을 입고 있었고, 어제와는 다르게 모두가 비슷한 방향으로 힘겹게 어디론가 향하고 있어 마치 개미 떼가 줄지어 걷고 있는 모습 같았다. 그들의 발은 유난히 땅에서 떨어지기 싫어하는 무거운 발걸음이었고 그들의 들숨과 날숨에서 상처를 느낄 수 있었다. 나는 조금 더 가까이 코를 대고 그들의 냄새를 맡았다. 그들의 냄새는 우울했다.

검은 털의 그들은 커다랗고 차갑게 보이는 네모난 곳에 한 번 들어가더니 한참을 머물렀다. 그리고 해가 파란 하늘 정중앙에 자리를 잡았을 때 네모난 곳에서 나오더니 또 다른 네모난 곳으로 들어가 밥을 먹었다. 밥을 먹고 나서 그들은 새로운 네모로 자리를 옮겨 까만 물을 들고 다시 아침에 들어갔던 네모난 곳으로 들어갔다. 그리고 해가 몸을 숨기려는 때에 맞춰 나왔다. 그리고 그들은 네모난 것에 타려고 줄을 서서 기다렸다. 이번에는 정말로 사람들이 무얼 하는지 파악하기 힘들었다.

"저 사람들은 뭘 하고 있던 걸까?"

이번에는 고양이도 정확히 모르는 것 같았다. 그래서 나는 그들을 더 면밀하게 지켜보기로 했다. 사람들은 마치 정확하게 맞춘 듯 전날과 동일한 행동을 하는 것으로 보였고, 그들의 표정과 냄새 역시 동일하게 보였다. 가끔 멀리서 그들이 네모 안에서 무얼 하고 있는지 궁금해서 위험을 무릅쓰고 가까이 가보았다. 큰 네모의 내부는 하얀 가짜 햇빛으로 가득해서 해가 떨어져도 낮처럼 밝았지만 그 빛은 생기를 빼앗는 것 같았고, 모두가 탁한 공기를 마시며 네모난 것을 바라보고 네모난 것을 두드리고 있었다. 그들의 행동은 참이지 기이하고 무얼 하는지 파악하기 힘든 것이었다. 하지만 나는 더 이상 그들을 자세히 볼 수는 없었다. 더 그곳에 머물렀다간 그 커다란 네모가 나의 자아와 영생을 빼앗아 버릴 것 같았다.

나와 고양이는 이 상황을 이해하기 힘들었다. 고양이는 뭔가 깨달은 듯 내게 말했다.

"저 인간들은 낮과 밤에 각각 다른 구역에서 머무르고 있나 봐요. 한곳에서 살지 않는 거죠. 해가 떴을 때는 저 큰 네모에 들어갔다가 해가 지면 다른 곳으로 이동하는 걸 보면 말이죠. 지금 저 큰 네모는 해가 떴을 때 가는 구역, 그리고 달이 떴을 때 가는 구역이 따로 있는 거죠."

나는 고민을 해보며 깊이 기억을 떠올렸다. 자아가 없을 때의 기억을 떠올리는 것은 참 힘든 일이었지만 머리 한구석 어딘가에 있을 그것을 샅샅이 뒤져보고 있었다. 그리고 선뜻 떠오른 것은, 낮에 항상 피곤한 얼굴로 밖으로 나갔다가 해가 다 지고 나서야 돌아오는 엄마의 모습이었다.

"아마 저 사람들은 해가 지면 집으로 돌아가는 것 일 거야."

"지이입?"

고양이가 갸우뚱거리며 물었다.

"그래. 매일 잠드는 편안한 보금자리, 제일 오래 머무는 곳 말이야."

"아, 지입! 네모난 곳 안을 말하는 것이군요. 그럼 저 큰 네모는 뭐죠? 해의 지입?"

그것에 대해서는 나도 아직 확실치 않았다. 하지만 저 큰 네모가 사람들이 들고 다니던 작은 네모가 관련된 것이 아닐까 생각했다.

"틀릴 수도 있겠지만, 여긴 작은 네모와 관련된 곳인 것 같아."

"작은 네모?"

"그래. 사람들은 밥을 먹을 때도 털을 고를 때도 늘 저
작은 네모난 것을 들고 다녔지. 그리고 저 큰 네모, 그래,
해의 집에 들어갈 때도 작은 네모를 목에 걸고 다녔어. 내
이름표처럼 말이지."

고양이는 내가 하는 말을 자세히 이해하지는 못했다. 그때
문득 뭔가 궁금해진 것인지 하던 고양이가 내게 물었다.

"그런데 콧구멍 님은 집사를 어떻게 찾으려고 했어요?"

10

옆에서 투명한 눈으로 바라보는 고양이에게 아무런 답을 하지 못하자 점점 불안해하는 눈치였다. 나는 그 자리에 서서 곰곰이 생각했다. 한참을 혼자서 고민하던 고양이는 내게 물었다.

"사람들이 무엇 때문에 자아를 잃었는지 알아내셨나요?"

"조금 알 것 같기도 해."

"그게 뭔데요?"

"그건 지금 말해줄 수 없어. 아직 확실하지 않으니까. 그런데 그게 뭔지 알고 있다고 하지 않았어?"

고양이는 능글맞게 미소 지으며 답했다.

"물론 알죠. 콧구멍 님이 나와 같은 생각인지 궁금했어요. 그럼 그것에서 사람들을 어떻게 구할지 알고 있겠네요?"

"대충 생각해 봤어."

"어떻게 할 건데요?"

"그것도 아직 얘기할 수 없어. 그걸 얘기하면 계획이 틀어질 수 있으니까."

고양이는 살짝 실망한 듯 바닥을 바라보다 또 질문했다.

"그럼 콧구멍 님의 집사가 어느 '지입'에 살았는지, 아니면 어떤 방향으로 가면 되는지 알아요?"

"아니. 모르겠어."

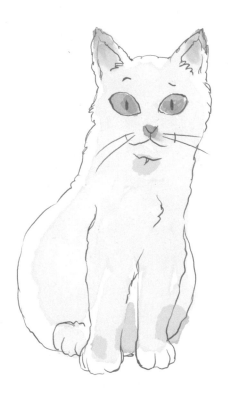

그때 문득 고양이에게 궁금했다.

"전부터 묻고 싶었던 건데, 너는 왜 사람을 집사라고 불러?"

고양이는 키득 웃으면서 답했다.

"음, 원래 고양이들은
같이 사는 인간들을
그렇게 불러요. 인간들이
우리 구역에 머무르면서
우리가 원하는 것을 가져
다주니까."

"고양이들은 사람을 엄마,
아빠로 보지 않는 거야?"

"고양이들 대부분은 개와는 달리 인간을 엄마, 아빠라고
부르지 않아요."

"어째서?"

"개는 사람들을 추앙하고 모든 삶을 인간에게 맞추어 가지만,
고양이는 사람들에게 적응하고 삶에 길들여지는 것이에요.

개는 사람을 사랑하고 섬기고 있지만, 고양이는 점점 정이 드는 것이죠. 개는 사랑하기 때문에 가까이 오는 것이고 고양이는 애정 하기 때문에 거리를 지켜 주는 것이죠."

나는 깨달았다. '아, 고양이가 영리하지 않지만 지혜롭구나.'

한참을 걷던 중 어떤 널찍한 네모진 곳에 다다랐을 때 갑자기 새가 우는소리처럼 짹짹 울리는 소리와 콩콩거리는 가벼운 진동의 발자국 소리가 들렸다. 나와 고양이는 몸을 숨겼다. 기묘한 광경이었다. 수많은 작은 사람들이 넓은 네모에서 나와 어디론가 뛰어가고 있었다. 그들의 등 뒤에는 네모난 것이 걸쳐져 있었다. 분명 그들은 뛰어가고 있었지만 이전에 검은 털을 입은 큰 사람들이 해의 집에 들어갈 때와 비슷한 모습하게도 무거운 발걸음과 힘겨움이 가득 찬 발걸음이었다. 작은 사람들의 모습은 다양했고 서로 풍기는 냄새와 느낌도 무척 달랐다. 어떤 작은 사람들은 달콤하고

따뜻한 냄새, 어떤 사람들은 차갑거나 마음의 상처가 난 냄새, 어떤 사람들은 악독한 포식자의 냄새가 났다.

고양이는 치를 떨며 말했다.

"으흐... 작은 인간들이네요. 작은 인간들이 싫어요."

"어린 사람들이 어디를 향해 저렇게 뛰어가는 것일까?"

"모르죠. 저 작은 인간들은 예상을 할 수 없는 것들이라."

"따라가보자. 뭔가 큰 단서가 될지 몰라."

고양이는 구시렁대며 내 뒤를 쫓았다.

어린아이들이 뛰어서 향한 곳은 또 다른 네모진 곳이었다. 모든 아이들이 네모로 가는 것은 아니었고, 또 모두 다 같은 네모를 들어가는 것이 아니었다. 그들은 마치 사냥감이 되어 쫓기듯 그곳으로 뛰어들어 갔다. 그리고 달님이 얼굴을 확실히 드러내고 주변이 컴컴해지고 나서야 그들은 생기가 없는 얼굴로 나왔다. 아이들 중 일부는 다른 곳으로 달려갔는데, 그들은 허기짐을 달래러 옆의 아담한 네모진 곳으로 들어간 것이었다. 일반적으로 사람의 음식은 꽤 탐욕스러운 냄새가 나 군침이 돌기 마련이었는데 어린 사람들이 들고 허겁지겁 먹고 있는 밥에서는 불쾌한 냄새를 풍겼다. 음식 자체에 냄새가 나쁜 것은 아니었다. 단지 그 음식은 당장의 혀를 즐겁게 해주고 배를 채워주지만 그리 유익한 것들은 아니라는 것을 알 수 있었다. 무엇이 어린 사람들을 이토록 쫓기게 만들었을까?

나는 고양이와 그들의 행동을 좀 더 지켜봤다.
사람 어린이들은 참으로 이상했다. 그들은 작을 때 할 행동을 하지 않았다. 분명 그들이 마음속으로는 큰 네모에 가고 싶어 하지 않는 것을 알 수 있었으나 무엇인가가 그들을 네모로 가게 하는 것이었다. 결국 그들이 원하는 바와는 다르게 큰 사람과 동일한 삶을 살아가는 것이었다. 네모에서 다른 네모로 - 해가 뜨면 네모로 갔고, 해가 숨기 전에 덜 큰 네모로 갔다. 어떤 아이들은 덜 큰 네모를 두 군데 가는 경우도 있었다. 모두들 해가 컴컴해지면 네모를 타고 또 어디론가 향했다. '아마 잠을 자러 집으로 가는 것이겠지.' 그때 고양이가 내게 물었다.
"저 작은 인간들은 뭘 하고 있었던 걸까요?"

나는 잠시 고민했다. 작은 사람들의 작은 행동은 유사 검은 털의 큰 사람들과 같았다. 이들은 나중에 검은 털의 사람들처럼 큰 네모로 가기 위해 준비하는 것 같았다. 마치 새끼 강아지가 어미에게서 모든 행동을 습득하듯, 작은 사람들은 네모 안에서 그것을 배우는 것이 아닐까? 그렇다면 네모의 역량은 내가 생각한 것보다 깊어서 내가 쉽게 바꿀 수 없는 게 아닐까라는 의심이 들었다. 마침내 나는 고양이에게 답했다.

"틀릴 수 있겠지만 이 작은 사람들은 큰 사람이 되었을 때 큰 네모로 들어가기 위해서 조련 당하고 있는 거야."

12

사람들의 모습을 관찰하려고 조금씩 가까워지다 보니
사람들의 눈에 띄기 시작했고, 이것은 다소 번거로운 상황을
만들기 시작했다. 가끔 나와 고양이가 걷는 것을 볼 때면
사람들이 우리를 발견하고, 깜짝 놀라거나 시끄럽게 소리
지르며 그들의 앞발만 한 작은 네모를 들고 다가왔다. 나는
피할 곳을 찾아야겠다 생각했고, 재빨리 고양이를 등에
업고 어디론가 정신없이 이동했다.

나는 단순히 안전해 보이는 곳으로 향했고, 네모진 모양의 땅굴에 도달했다. 그곳 안으로 들어가고 나서야 내가 큰 실수를 했다는 것을 알게 됐다. 그곳은 숨이 막힐 정도의 탁탁하고 고약한 공기와 뭔가 커다란 울림과 함께 두려울 정도로 거대한 소리가 났다. 더군다나 빼곡히 사람들로 가득 차서 이 땅굴은 마치 하늘의 가득한 별 보다 촘촘하게 채워진 것 같았다. 한 술 더 떠서 이곳에는 모든 것이 네모로 둘러싸여 있었고, 숨을 곳이 거의 없었던 것이다. 하지만 불행 중 다행이었던 것은 그 누구도 우리를 알아차리지 못하고 지나갔다는 것이었다. 그 이유는 참 묘한 것이었다. 사람들 모두 그 빼곡한 곳을 요리조리 안 부딪히며 잘 피해 다녔는데, 더욱 인상적이었던 것은 아무도 앞을 보지 않고 걸어 다니는 것이었다. 그들은 모두 앞발만 한 작은 네모를 들고 오롯이 그것만 바라보면서 그 무엇도 신경 쓰지 않고 흘러갔다. 저 네모는 모든 사람들이 빠짐없이 가지고 있었던 것 같다. 그때 무엇인가 떠올랐다. 엄마 역시 저 네모를 바라볼 때면 나에게 아무런 관심을 주지 않았던 것이었다. 나는 이것이 단서라고 생각했고, 사람들이 들어가는 곳으로 몰래 따라 더 깊은 곳으로 내려갔다.

그때 무엇인가가 호랑이가 거칠게 포효하는 듯한 큰 소리를 내며 사람들을 향해 가까이 다가왔다. 땅의 울림과 소리는 더 거칠어졌고, 때마침 말로 표현할 수 없는 거대한 네모가 꼬리에 꼬리를 물고 달려오다가 사람들 앞에서 멈춰 섰다. 이 섬뜩하고 무시무시한 광경에 압도되었는지 고양이는 내 품 속에 숨어 들어왔다. 하지만 사람들은 전혀 두려움을 못 느끼는 듯했다. 그리고 그 네모가 자신 옆구리의 입들을 열었을 때, 수많은 사람들이 네모의 뱃속에서 나왔고 기다리던 사람들은 일제히 네모의 뱃속으로 들어갔다. 너무 순식간에 일어난 상황이었는데, 이 일은 지속적으로 반복되었다. 이에 참을 수 없었는지 고양이가 말했다.

"으... 너무 무서워요. 사람들은 왜 저렇게 고약한 것에 들어갔다 나왔다 하는 걸까요?"

"사람들은 걷거나 뛰지 않고 무엇인가를 타고 이동하는 것으로 보여."

"멀쩡한 발이 있는데 왜 그럴까요?"

"저걸 타는 게 걷는 것보다 빨라서 그런 게 아닐까?"

"그래도 이렇게 기분 나쁜 소리를 내면서 숨 막히는 곳에 다닥다닥 붙어서 가는 것보다 걷는 게 낫지 않을까요?"

나는 고양이의 물음에 답하지 않았다. 무엇이 사람들을

저토록 무뎌지게 한 걸까?

어쩌면 사람들이 저렇게 넋을 잃고 바라보는 저 네모가 그렇게 만든 것일까? 나는 저 앞발만 한 네모가 무엇인지 궁금했기에 이를 더 가까이서 보고 싶은 마음을 갖게 되었다. 고양이에게 저 네모의 뱃속으로 들어가야 할 것 같다고 말하자 고양이는 넌더리를 내며 내게 말했다.

"저기 들어가면 우리는 아마 견디지 못하고 죽을 거예요. 저 소리에 저 공기, 그리고 사람들까지 저렇게 많이 있으면 콧구멍 님에게도 위험한 거 아닌가요?"

"너는 내가 지켜줄게. 괜찮을 거야. 그리고 걱정하지 않아도 돼. 어차피 이 정도로 모든 힘을 잃지는 않을 거니까."

나는 고양이를 내 배 밑으로 오게 한 뒤, 다음 네모난 괴물이 멈추고 옆구리 입을 열어 주기를 기다렸다. 그리고 네모난 입이 열렸을 때 우리는 재빠르게 네모의 뱃속으로 들어갔다. 뱃속 안에서 네모가 내는 굉음은 생각보다 크지 않았지만 사람들이 너무 많아 비좁게 느껴져 답답했다. 사람들이 내 꼬리를 밟거나 우리가 가까이 있는 것을 발견할까 봐 조마조마했는데 아무도 눈치채지 못하는 낌새였다. 이렇게 가까이 있는데도 사람들이 우리를 신경 쓰지 않은 까닭은

바로 그들의 앞 발에 붙어있는 저 네모 때문이었다. 그들의
눈은 마치 홀린 듯 오로지 그 네모난 것에 고정이 되어있었고
거의 코가 닿을 것처럼 가까이 얼굴에 대고 있었다.

"저렇게 얼굴 가까이 무언가를 대면 앞에 아무것도 보이지
않을 텐데 대체 뭘 바라보고 있는 걸까? 저 네모에 뭐가 볼
게 있다고."

내 혼잣말에 고양이는 답했다.

"저건 인간들에게 수염 같은 거예요. 인간들은 저게 없으면

아무것도 못해요."

"하지만 저건 우리 수염처럼 몸의 일부가 아니잖아."

한참 긴장했던 고양이는 무언가 재밌는 생각이 떠오른 것인지 킥킥 웃으며 말했다.

"인간들은 털과 마찬가지로 수염도 들고 다니나 봐요."

때마침 네모가 멈췄고, 사람들이 또 네모의 뱃속으로 들어오려는 것으로 보였다. 그때 사람 한 명이 고양이의 꼬리를 밟는 바람에 고양이가 큰 소리로 비명을 질렀고, 모든 사람들의 시선이 우리에게 쏠리는 위험한 상황이 되었다. 나는 고양이를 들고 재빠르게 이동해서 네모의 뱃속에서 나왔다.

하지만 의문이 풀리지 않은 상태였기에 나는 고양이에게 말했다.

"곧 저 사람들 중 한 명의 앞 발에서 네모를 빼앗아 달아날 거야. 내가 '구우~!' 하고 신호를 주면 너는 저쪽 땅굴에서 위로 올라가서 바깥으로 나가. 너의 뒤를 바짝 쫓아갈 거니까."

"네? 너무 위험하지 않아요?"

"저 작은 네모를 갖게 되면 무엇이 사람을 홀리는지 확신할 수 있을 것 같아."

주변을 둘러보다 잠깐 네모를 얼굴에서 떼어 내려놓고
어딘가를 바라보는 사람을 발견했고, 나는 황급히 그의 앞
발에서 네모를 낚아채 고양이에게 신호를 주고 달아났다.
사람은 큰 소리로 울부짖으며 나를 뒤쫓아 오기 시작했는데
그는 처음으로 정신이 깨어난 것처럼 보였다.

고양이를 뒤따라 땅굴에서 나왔고, 우리는 주변을 둘러보다
결국 또다시 커다란 네모 뒤에 숨기로 결정했다. 이제야
고양이가 한시름 놓으며 내게 말했다.
"너무 위험했어요. 이제 땅굴에는 들어가지 말도록 해요.
그런데 콧구멍 님, 괜찮으세요?"
"응?"
난 감기는 눈을 주체 못 하고 딱딱한 바닥이 머리로 다가오는
것을 바라만 보았다.

13

"그럴만한 가치가 있었니?"

발이 내게 말을 걸었다. 그는 여전히 위엄 가득한 얼굴로
그윽하게 나를 바라보았다. 이상하게 목소리가 나오지
않았고, 그저 그가 내 눈을 읽고 내 뜻을 알아주길 바랐다.

"네가 찾던 답은 찾았니?"

그는 대답 없는 내게 되물었다. 여전히 아무런 답을 하지
못했고, 그는 잠시 내 대답을 기다리다 결국 산으로 다시
향하려고 했다. 떠나가는 그를 붙잡지 않았다.

눈을 떴을 때 내 곁에 고양이의 향기는 나지 않았다. 나는 잠긴 목소리로 고양이를 불렀다.

"고양아"

고양이는 대답하지 않았고, 나는 겨우 몸을 일으키며 생각했다. '너무 오랫동안 사람들이 많은 곳에 머물러서 무리를 한 것 같아. 점점 술로써 버틸 수 있는 시간이 줄고 있어. 더 이상 사람들과 가까이 있으면 안 되겠어.'

시야가 밝아지기 전 흐릿한 눈으로 주위를 둘러보려 했는데 온통 썩은 냄새가 내 코를 찔렀다. 사방이 동물의 구역인 양 역한 향들이 여기저기서 퍼졌고, 살아있지 않은 생명체 여럿의 심장소리를 들을 수 있었다. 이곳에서 죽음의 향을 느꼈다. 내 곁에는 어떤 개가 헥헥 거리며 옆에 붙어있었고, 나는 그에게 말을 걸었다.

"여긴 어디야?"

그는 아무런 대답도 하지 않았다. 그는 자아가 없어 보였고 의식이 아예 죽어 있는 것처럼 보였다. 눈이 조금씩 밝아져 내 주변의 것들이 점점 정확하게 보이기 시작했을 때, 나는 경악을 하지 않을 수 없었다. 푸른 하늘 대신 온통 네모로 둘러싸인 곳에 갇혀 있었다. 사람이 10명 들어오면 꽉 찰

네모난 공간에 개들이 10개가 4번이나 넘게 있었다. 이곳은
네모난 괴물의 뱃속보다 더 비좁고, 더 위험한 공간처럼
보였다.

그 수많은 개들 중에 대화를 할 만한 존재를 찾으려
애썼지만, 모두 눈이 흐려져 있는 것으로 보아 이들은 꽤나
오랫동안 이곳에서 갇혀 살아온 것으로 보였다. 그때 내 코
바로 앞에 실례를 범하는 작은 녀석을 보았다.
"뭐 하는 거야? 내 앞에서 똥을 싸면 어떡해?"
그 녀석은 나를 잠깐 돌아보더니 아무 대꾸 없이 그 자리에
그대로 주저앉았다.

그때 어떤 사람이 길쭉한 네모를 통해 들어왔다. 여자
사람이었다. 그녀에게는 엄청난 악취가 났고, 기분 나쁜
무엇인가 느껴졌지만 그녀의 목소리에서 악의는 느껴지지
않았고 도리어 그녀 역시 무엇인가에 홀린 듯했다. 그녀는
내게 무어라 계속 말을 걸었는데 그녀의 말을 완벽하게
이해할 수 없었지만 눈치챌 수 있었다.
'쓰러져 있는 나를 이곳으로 데려왔다는 말이겠지.' 잠시
들어온 그녀에게서 얻을 수 있는 유용한 정보는 없었다. 단지

그녀가 들어왔을 때 네모 안에 있던 모든 개들이 불안한 표시로 꼬리를 흔들었다는 것이고, 심지어 몇몇은 불편한 듯 꼬리를 다리 사이로 집어넣었다. 그리고 그녀가 다시 네모의 밖으로 나가려고 할 때 어스름한 되빛내림같이 내 코에 내려앉은 향이 있었다. 바로 고양이의 향이었다. 빨리 그녀를 뒤따라가려고 했지만, 그녀가 이미 길쭉한 네모를 닫아버려 빠져나갈 수 없었다. 그 길쭉한 네모를 세심하게 바라보았는데, 기억하는 바로는 여자가 나갔을 때 네모에 달린 동그란 주둥이를 비틀어서 나갔다. 엄마가 늘 던져줬던 그것과 닮은 이 동그란 것, 그리고 엄마가 집에서 나가고 들어올 때 비틀던 동그란 것이다. '이제 뭘 해야 할지 알 것 같아.'

동그란 것을 입으로 물고 비틀어보았지만 계속 미끄러져 놓치기를 반복했다. 그때 뒤에서 보고 있던 털보가 말했다.
"뭐해?"
"여기서 나가야 돼."
"어째서?"
"고양이도 구해야 하고, 여기 있으면 내 자아가 오염될 거야."
"자아?...오염?"

그는 나에게 잇따라 무언가를 물어보았고, 그의 질문에 답하지 않고 계속 네모의 주둥이를 비틀려고 시도했다. 그러자 그가 말했다.

"그만해. 인간은 그걸 여는 것을 좋아하지 않아. 혼나고 말 거야."

"너희 엄마는 왜 이렇게 많은 아이들을 가두어 논거야?"

"엄마, 아니야."

나는 그를 돌아보았고 그는 말을 이어 나갔다.

"여기 있는 개들은 다... 그게 뭐였지...버...버려?"

그의 말을 무시하고 나는 동그란 것을 비틀었다. 그때 갑자기 쿵쿵 소리가 울리며 여자가 다가오는 것을 느낄 수 있었다. 내가 문에서 거리를 두고 기다리는 데 주변의 모든 개들이 꼬리를 뒷다리 사이로 숨기는 것을 알아차렸다. 여자는 노한 얼굴로 길쭉한 네모를 활짝 열고 내 앞에 다가왔다. 그녀의 앞 발에는 무언가 네모난 것이 있었는데 그것을 돌돌 말기 시작했고, 그것을 갑자기 그녀의 머리 위로 치켜세웠다. 그녀는 위협적으로 짖어 대며 내 엉덩이를 때렸는데, 내가 아무런 반응을 보이지 않자 내 주둥이를 붙잡고, 돌돌만 것으로 내 얼굴을 때리기 시작했다. 하지만 아무런 반응이 없을수록 그녀는 더욱 분노하는 듯 때리려고

했고, 여기 있는 다른 개들과 같은 행동을 하지 않는 한
계속 매질을 할 것을 수긍했기에 고개를 숙이고 꼬리를
뒷다리 사이로 넣어보았다. 그제야 여자는 만족한 듯 돌돌
말린 네모를 내려놓고 내게 얼굴을 맞대더니 껴안아줬다.
그녀에게서 상처 냄새를 맡았다. 여자는 다시 길쭉한 네모를
통해 나갔고, 그것을 확인한 후 나는 끊임없이 네모에 달린
동그란 것을 돌리려고 했다. 그때 방금 말을 걸었던 털보가
또 말했다.

"소용없어."

"그래도 해봐야지."

Adventure of Nostril

털보는 가만히 조용히 지켜보다 말했다.

"술이구나?"

놀라서 고개를 돌려 그를 바라보며 물었다.

"술을 알아? 어떻게 알아? 술을 만난 적 있어?"

"예전에 술이었어."

그의 의외의 답에 깜짝 놀랐고, 그에게 물었다.

"어떻게 하다 이곳에 오게 된 거야?"

"몰라."

그에게 질문하고 싶은 것이 너무 많았는데 그가 당장은 답을

못할 것이라는 것을 알았기에 나중에 빠져나온 뒤 묻기로 하고, 다시 네모를 열어보려고 했다. 그때 그가 말했다.

"그만해. 무서워해."

"누가?"

대답하며 뒤를 돌아보았고, 그제서야 두려움에 떨고 있는 수많은 개들을 보게 되었다. 하던 일을 멈추고 털보에게 어쩌다 이곳에 갇히게 된 것인지 물었지만, 그는 질문에 답을 하지 않았고 여전히 다른 말만 할 뿐이었다. 아마 사람들과 가까이 지낸 지 오래되어 자아를 잃어버린 것이겠지. 어차피 원하는 답이 돌아오지 않을 거라는 것을 알면서도 그에게 한탄한 듯 물었다.

"여기서 나갈 방법이 있을까?"

"기다려."

그의 의외의 대답에 놀랐다. 개에게는 물론 술에게도 어려운 말이자 이해조차 어려운 것이 '기다림'이기에 말이다.

그의 말대로 며칠간 기다리면서 여자를 지켜봤다. 그녀는 우리를 네모에 계속 가둬 놓았고, 밥을 줄 때만 들어왔다. 사방이 오물로 뒤덮혀 딱딱한 바닥은 물렁물렁했고, 냄새도 지독했기에 밥을 먹는 개들을 봤을 때 신기하기도 했다.

제일 힘든 것은 해를 제대로 볼 수 없었기에 해나 달이 뜨고 지는 것을 알 수 없었다. 이곳에 오래 있다 보면 나 역시 곧 자아를 잃을 수밖에 없겠다는 것을 알았고, 그녀는 결코 우리를 내보낼 생각이 없음을 깨달았다. 그녀의 자아는 상처로 마모되어 상실되어 있었고 네모의 깊은 구덩이 속에서 결코 빠져나갈 수 없을 것 같았다. 악의가 없었지만 그것은 해로운 것이었다. 그리고 문득 떠올랐다. '고양이는 괜찮을까?'

생각하면 할수록 빨리 나가야겠다는 생각밖에 안 들었다. 하지만 이것은 혼자 할 수 없었다. 그래서 털보에게 부탁했다. "다음에 여자가 밥을 주러 들어올 때 저 길쭉한 네모가 닫히지 않게 꼬리로 막을 거야. 그때 그녀에게 짖어서 나가는 것을 못 보게 주의를 끌어줘."

답을 하지 않았기에 그가 이해했는지 못했는지 알 수 없었다. 하지만 그가 도움을 주던 주지 않던 혼자서라도 감행해야겠다 생각했다.

14

여자 사람의 발자국 소리가 들렸다.

쿵, 쿵, 쿵... 그 소리는 마음의 소리인지 그녀의 발걸음인지 구분이 안되게 엇갈리며 귀에서 울렸다. '철컥' 하는 소리와 함께 동그라미가 비틀리는 것을 보았고, 그녀가 길쭉한 네모를 통해 들어왔을 때 나는 꼬리를 네모진 틈 사이로 넣었다. 그녀는 다행히 네모를 살짝 밀쳐 닫았기에 꼬리는 살짝 저리는 정도에서 머물렀다. 그 틈 사이로 주둥이를 언제 넣을지 고민하고 있을 때 갑자기 우렁찬 소리가 들렸다.

"컹! 컹! 컹!"

털보의 짖음에 다른 아이들도 동요하여 함께 울기 시작했고, 여자는 당황한 듯 아이들을 돌아보며 큰 소리를 내기 시작했다. 나는 곧장 주둥이를 네모 틈을 향해 넣어 네모에서 빠져나올 수 있었고, 곧바로 고양이의 냄새 흔적이 이어진 곳을 향해 코를 틀어 탐색을 했다. 하지만 내가 뛰어간 곳 앞에 또 다른 문제에 봉착했다. 바로 또 다른 길쭉한 네모가 있었고, 이 역시 동그라미를 비틀어 들어가야 했다. 나는 급하게 고양이를 불렀다.

"고양아! 여기 있니?"

"콧구멍 님, 저 여기 있어요."

고양이의 앞 발이 네모진 밑 틈으로 살짝 나왔다 들어갔다.

"잠시만 기다려. 금방 꺼내 줄게."

"빨리 구해주세요. 여긴 너무 끔찍해요."

나는 황급히 동그란 것을 입으로 잡아 비틀었지만 네모는 틈을 보여줄 기미가 보이지 않았다. 그때 개들의 짖음 소리가 점점 커지는 것을 알 수 있었고 내가 고개를 돌렸을 땐, 이미 여자가 내 목에 달린 줄을 잡아당겨 다시 끔찍한 네모 안으로 끌고 가려는 것을 알 수 있었다. 모든 것이 끝났구나 생각했을 때 갑자기 털보가 나타나 그녀의 뒷발의 털을 물고 이리저리 잡아당겼다. 그리고 그녀는 분노하여 털보를 떼어놓으려 발을 이리저리 굴렸고, 털보는 결국 나뒹굴어 자빠졌다. 이제는 그녀의 얼굴과 몸에서 악의가 느껴졌고, 강렬한 악취가 나기 시작했다. 그녀가 무얼 할지 알았기에 그녀를 가로막고 털보를 지키려 앞장섰다. 그녀는 앞발을 꽉 움켜잡았고 순간적으로 올라간 앞발을 보고 나는 눈을 찡긋 감았다.

그때였다.

"쾅! 쾅!"

그 소리와 동시에 사람들의 목소리가 울렸다. 당황한 여자는 앞발을 내렸고 소리가 나는 곳으로 향했다. 그녀가 네모진 것을 열자 밖에는 수많은 사람들이 모여있었고, 그녀 앞에서 무엇이라 고래고래 소리를 내고 있었다. 제일 앞에 서있던 사람은 청색의 어두운 털을 입은 남자였는데 뭔가 하얀 네모진 것을 앞발로 들고 그녀에게 보여줬다. 그리고 그것을 본 여자는 웬일인지 가만히 서서 그것을 보는 듯했다. 청색의 남자는 앞 발로 코를 막으며 들어왔고, 그녀는 이런 행위를 제지하지 못하였다. 그의 뒤로 색색의 다른 털을 입은 군중들이 코를 막으며 따라 들어와서 경악을 금치 못했다. 그리고 그들 중 한 명이 고양이가 있던 곳의 네모를 열었고, 이틈을 매섭게 고양이가 뛰쳐나와 내게 달려와 숨었다. 고양이는 서글피 울며 내게 말했다.

"콧구멍 님. 흑. 정말 무서웠어요."

고양이를 달래 주고 싶었지만 지금은 잡담을 해야 할 때가 아니었다. 들어온 사람들은 주위를 둘러보고 있었는데 몇몇은 내게 다가오려고 했다. 우리를 가뒀던 여자가 청색 털의 사람에게 잡혀 있는 것을 확인한 뒤 털보에게 말했다.

"여기에 더 머물렀다간 영원히 갇히게 될 거야. 지금 저 네모가 열려 있을 때가 밖으로 나갈 기회야. 신호를 하면 동시에 뛰어가자."

털보는 이해한다는 표정을 지었고 그에게 물었다.

"다른 아이들은 괜찮을까? 같이 도망쳐야 하지 않을까?"

"도망치지 않아. 그들은 길들여졌으니."

묻고 싶은 게 많았지만 이런 기회가 또 없을 것 같았기에
납득하고 계획을 이행하기로 했다.

주둥이로 다가오던 사람들에게 끔찍한 네모를 향해 몇 번에
걸쳐 가리켰고, 사람들은 다가오다 말고 그쪽으로 관심을
쏟으며 그곳을 향해 걷기 시작했다. 그때 네모 안에서
고양이를 발견한 개들이 광기 어린 눈으로 노려보았는데
몇몇은 크게 짖기 시작했다. 사람들이 개들을 진정시키려
했고, 그들의 관심이 내게서 멀어진 것을 발견하자마자
털보와 고양이에게 신호를 줬고 모두의 눈을 피해 조심스럽게
밖을 향해 걸었다. 길쭉한 네모를 통해 밖으로 나오게 되자
쏜살같이 멀리 달려나갔다.
얼마나 뛰었을까? 다소 차가워진 공기가 헐떡이는 혀에

시원하게 연타하며 닿았고, 오래간만에 썩은 냄새에서 벗어난 나는 이 뿌옇고 쾌쾌한 공기도 나름 괜찮다 느꼈다. 이제 조금 안전하다고 느껴졌는지 점점 바닥과 발이 닿는 순간이 길어졌다. 나와 고양이를 뒤따르던 털보는 완전히 멈춰 섰다. 그를 돌아보며 말했다.

"왜 멈췄어. 조금 더 가면 더 안전한 곳으로 갈 수 있을 거야."

"인간의 세상에서 술에게 안전한 곳은 없어. 그쪽이 아니고 저쪽으로 가야지."

털보는 멀리 보이는 산 쪽을 가리키며 말했다.

"산으로 가야 안전해."

"여기서 엄마를 찾아야 해." 그에게 답했다.

"엄마...엄마라... 그럼 여기서 헤어져야 해."

"어디로 가려고 하는데?"

"산으로 올라갈 거야."

순간 묻고 싶은 게 떠올랐다.

"발을 알아?"

"발? 익숙한 이름이네. 지금은 모르겠어. 나중에 알게 될지도."

그에게 또 물어보고 싶은 것이 있었다. 네모에 관한 것이었다. 어쩌면 그도 이 때문에 산에서 내려왔을 수도 있겠다고 생각했다.

"내 이름은 콧구멍이야. 이름이 뭐야?"

하지만 그는 대답하지 못했다. 이미 그는 오랫동안 사람들과 머무르며 많은 것을 잃어버린 것 같았다. 그래서 그에게 작별 인사를 고하고 고양이와 걷기 시작했다.

15

"구해줄 줄 알고 있었다니까요."

고양이는 한참 동안 가르랑 소리와 함께 재잘재잘 거리며 며칠 동안 얼마나 힘들었는지 말했다. 고양이는 다행히 그곳에서 네모진 곳의 틈을 찾아 계속 숨어있었다는 것이었다는 것이었다. 고양이의 얘기를 들으면서 깨달았는데 고양이는 모든 것을 자신의 입장에서만 생각하는 것 같았다. 그래서 '나~앙' '나~옹' 하는가 보다.

나는 조심스럽게 물었다.

"혹시 땅굴에서 가져온 네모는 어떻게 되었는지 아니?"

내 질문에 고양이는 침울해지며 고개를 숙여 말했다.

"죄송해요. 콧구멍 님이 쓰러지고 주둥이로 들어보려 했는데 너무 무거워서 못 가지고 왔어요."

"괜찮아. 또 구하면 되니까."

어둠의 틈을 타 달님이 나왔다. 사람들의 세상에서는 네모에서 나오는 빛들이 별님들을 밤의 그림자 속으로 숨겨주는 것 같았다. 그때 검은 빛을 뿜어내는 무엇인가를 발견했다. 큰 네모의 꼭대기는 발톱처럼 뾰족한 것이 나와있었고, 그 위에는 어떤 괴상한 모양 −길쭉한 네모를 세워놓은 것에 길쭉한 네모를 눕혀 놓은 것을 엇갈리게 교차시켜 올려놓은 것 −의 것이 까만 빛을 발하고 있었다. 다른 네모와 다르다고 생각한 나는 고양이와 그곳에 들어가기로 했다.

교차된 네모가 서있는 큰 네모 속은 섬뜩할 정도로 굉장히 조용하고 엄숙했다. 그곳에는 또 하나의 네모진 굴이 있었는데 그곳에는 사람이 앉을 것들이 여러 개가 배치되어 있었고, 제일 안쪽에는 밖에서 보았던 괴상한 모양의 것이 정중앙에 매달려 있었는데, 바깥의 것과는 다르게 어떤 사람이 매달려 있었다. 나는 깜짝 놀라 그쪽으로 달려가 보았는데 그것은 다행히 사람이 아닌, 사람의 모양을 가진 형상이었다. 그는 고통스러워하는 모습이었고 네모에 앞발과 뒷발이 박힌 것처럼 보였다. 고양이는 이걸 보고 말했다.
"이 기괴한 것은 무엇일까요?"

"그러게 사람이 네모 두 개에 매달려 있는데, 섬뜩하게 저걸
왜 걸어 둔 것일까?"

그때 갑자기 사람들이 하나둘씩 우리가 있던 네모진 굴로
들어왔고, 나와 고양이는 몸을 숨겼다. 대부분 생명의 불이
점점 꺼져가는 사람들이었는데, 그들은 들어와 네모난
칸들에 자리를 잡았다. 많은 사람들이 들어오진 않았지만
드문드문 빈 공간을 채워 나갔고, 곧이어 묘한 의식을 치르기
시작했다. 그들은 자리에 앉은 후 얼마 지나고 갑자기 고약한
소리를 내며 함께 울었는데 이는 사뭇 술이 해와 달, 그리고
대지에 울부짖는 "구우~"와 비슷했다.
한참을 울부짖더니 이번에는 어떤 사람이 홀로 나와

교차하는 네모에 매달린 사람 모양의 형상 바로 아래에서 앉아있는 사람들을 향해 짖었고 앉아 있는 사람들은 한 마디 대꾸 없이 고개를 흔들며 그의 짖음 소리를 경청했다. 그는 꽤 오랫동안 혼자 큰 소리를 냈고, 할 말이 다 끝났는지 마지막으로 뭐라고 하자 앉아있던 사람들이 모두 앞 발을 모으고 고개를 숙이기 시작했다. 모두 중얼중얼 대기 시작했는데 이 행동은 무슨 행동인지 도무지 알 길이 없었다.

조용히 그들의 행동을 지켜보았다. 그 무리의 냄새는 다양했는데, 어떤 이들은 아팠고, 어떤 이들은 슬펐고, 어떤 이들은 기뻐했다. 모두가 다른 감정으로 네모에 앉아있었는데 대부분의 사람들이 무엇인가에 굶주려 있다는 것을 알 수 있었고 무엇인가를 갈구한다는 것을 알 수 있었다. 무엇보다 확실했던 것은 그들이 매달려 있는 사람 모양의 형상을 향해 중얼중얼 하고 있다는 것이다. 사람들은 무엇을 말하고 있는 것일까?
"내 생각이 맞는다면 저들은 저 형상에게 빌고 있는 것 같아."
"빌고 있다?"
"응, 무엇인가 바라고 있거나 원할 때 빌어본 적 없어?"

"음. 아! 가끔 찾아오는 인간들의 뒷다리에 가서 몸을 비비면 맛있는 걸 줘요. 그게 비는 거군요. 그럼 인간들은 희한하게 비네요. 누구에게 빌고 있는 거죠? 저건 살아있지 않잖아요."

"살아있다고 생각하는 거 아닐까?"

"살아있지 않은 걸 살아있다고 생각한다고요? 그렇게 강해 보이지도 않는데..."

고양이는 혼자 중얼거렸고, 나는 잠시 해와 달, 그리고 대지를 생각했다. 물론 저 형상은 해와 달, 대지와는 다르게 그 어떤 반응도 보이지 않았고, 생명도 없는 것 같아 보였다. 그러나 사람들이 저 형상에 비는 것으로 원하는 것을 얻을 수 있다면 나도 못할 바는 없었다. 고양이에게 말했다.

"저건 우리가 생각하는 생명과 다른 거 같아."

고양이는 나의 말을 이해하지 못한 듯 고개를 갸우뚱거렸다. 그런 고양이에게 사람들이 나갈 때까지 기다리자고 말했다.

모두가 떠나기까지 꽤나 오랜 시간이 걸렸다. 모든 사람들이 떠나고, 비어 있는 이 네모난 공간에 나는 교차된 네모의 형상에게 다가갔다. 어쩌면 이 형상이야말로 내가 찾던 답이 아닐까 생각했다. 이 형상이 네모에 매달려 괴로워하는 모습에서 엄마를 구하고 싶어 괴로워하는 내 마음이 보이는 것 같았다.

'엄마를 만나게 해주세요.'

형상은 아무런 대답을 하지 않았다. 하지만 해와 달과 대지 역시 직접 대답하지 않는다. 보여줄 뿐이다. 늘 그렇다.

16

사실 엄마를 보게 되었을 때 어떤 감정이 들게 될지 몰랐다.
너무 기뻐서 울게 될까? 화가 날까? 어쩔 때 너무 원하던
것을 바로 앞에서 마주하게 되면 그게 현실인지 아니면
꿈인지 의심을 하게 되고, 잠깐 아무런 감정도 들지 않는다.
그리고 곧 내 심장 아래, 끈적한 그림자처럼 지독한 어둠이
내 온몸을 지배한다. 그것은 두려움이었다. 엄마에 대한
두려움이 아닌, 나를 발견할 엄마에 대한 감정이 어떤
감정일지에 대한 두려움이었다.

엄마를 발견한 것은 우리가 교차된 네모가 서있는 큰 네모 밖으로 나왔을 때였다. 어디선가 포근하고 익숙한 향기, 저려오는 그리움이 심장을 옥죄는 냄새였기에 단번에 누가 근처에 있는지 알 수 있었다. 이렇게 금방 내 염원을 들어줄지 몰랐지만, 네모 속의 형상, 그 존재는 상상도 못할 힘으로 해와 달, 대지보다 신속하게 내 소원에 응답했다. 그리고 그는 엄마를 구하라고 말하는 것 같았다.

멀리서 엄마의 뒷모습을 봤다. 앞발 하나에는 작은 네모가 들려 있었고 그녀는 그것만 바라보고 있었다.

고양이가 물었다.

"왜 그러세요? 몸도 살짝 떨고 있고."

"엄마야."

고양이는 두리번거리는 엄마의 얼굴을 보고 다시 내게 물었다.

"어? 어떻게 콧구멍 님의 집사가 여기에 왔지? 이 근처가 저 인간의 지입 근처인가?"

"그건 아니야."

"그럼 어떻게?"

나는 대답하지 않고 그저 엄마를 지켜봤다. 고양이는

모르겠지만 나는 알고 있었다. 고양이는 끈질기게 내게 질문했다.

"그런데 가까이 안 가세요? 만나봐야죠! 집사를 찾으려고 여기까지 왔잖아요."

"저기, 엄마의 앞발에..."

엄마의 앞발에는 작은 네모 외에도 또 다른 것이 들려 있었다. 반대 앞발에는 엄마의 냄새와 함께 섞여 있던 다른 존재의 냄새였는데, 엄마는 그것을 자신의 품에 소중하게 안고 있었다. 그것은 자아가 없는 작은 존재였다. 그 하얗고 작은 것은 분명 12절기가 지나지 않은 풋내가 났는데 왜 엄마가 그런 아이를 데리고 있는지 궁금했다.

그제야 어떤 생각이 뇌리 내 머리를 스치고 지나갔고 내 몸을 지배했던 그 두려움이 어디서 온 것인지 예감할 수 있었다. 엄마가 만약 그 아무런 것에 홀린 것도 아니었고, 자아도 잃어버린 것이 아니라면 어떡해야 할까? 엄마가 그 어떤 이유도 아니고 술이 얘기했던 대로 그냥 나를 버린 것이라면 어떡해야 할까? 그냥 나에게 질렸던 것일까? 내 생각을 증명이라도 하듯 그녀의 다른 앞발에는 작고 귀여운 하얀 아이 하나가 품에 안겨 있으니 말이다. 저 작은 아이도 나처럼 24절기가 흘러 다 성장했을 때 버려지는 것일까? 엄마의 앞에 가도 그녀는 내게 늘 짓던 표정을 짓지 않을 것이다. 다만 실망한 냄새를 풍기며 다시 나를 먼 곳으로 버리려고 하지 않을까? 엄마는 정말 내가 생각하던 엄마인 걸까?

발이 했던 말이 생각났다. '그들은 잊기를 선택한 거야.'

"잠깐 여기서 기다려. 금방 다녀올게"

나는 고양이에게 짧은 말을 남기고 전속력으로 엄마에게 달려가기 시작했다.

그가 왜 나의 소원을 들어줬는지 알 것 같았다. 작은 네모만 바라보던 엄마는 내가 다가오는 것을 발견했고, 그녀의 얼굴과 몸짓에서 여러 가지를 느낄 수 있었다. 나는 알 수 있었다. 나를 보는 그녀에게서 기쁨과 반가움보다는 당혹감과 수치스러움이 거센 치욕감으로 다가서는 것을. 하지만 여기까지 와서 다른 생각을 할 수 없었다. 나는 어떻게 해서 든 저 작은 네모를 엄마에게서 멀어지게 시도는 해보아야 한다. 그것이 엄마를 구하는 것이다. 그렇게 한다면 지금 엄마의 품 안에 있는 아이가 엄마가 떠나는 것을 경험하지 않을 것이다. 그녀는 앞발로 작은 아이를 더 꽉 움켜쥐듯 잡았고, 나는 그녀의 다른 앞발에 쥐어진 작은 네모를 가로챘다.

그녀는 나를 쫓아오거나 소리를 지르지 않았다. 내가 뒤를 살짝 돌아보았을 때 엄마는 그저 어안이 벙벙한 표정을 지었고, 나를 버리고 갔을 때 내 옆에 서있던 냄새나는 나무처럼 꼼짝도 하지 않고 그 자리에 얼어붙어 있었다.

발이 했던 말이 메아리치듯 내 머릿속에서 다시 울려 퍼졌다.
'설령 네가 엄마를 구한다 한들, 그것을 통해 네가 얻고자
하는 게 뭐지?'

등 뒤에 서있는 그녀를 더 이상 보지 않았다. 그녀의 표정을
볼 수 없었다. 그녀의 눈에 띄지 않게 한 바퀴를 돌아서 다시
고양이에게 다가갔을 때, 그녀는 그 자리에 없었다. 나는
다시 네모에 매달린 그를 만나러 커다란 네모 속으로 다시
들어갔다.
"이건 엄마에게서 뺏은 네모예요. 엄마는 이제 괜찮을
거예요."
나는 주둥이로 앞발만 한 네모를 그에게 가까이 밀어 놓고
그의 발 앞에 그것을 바쳤다. 그리고 그에게 마음속으로
말했다.
'엄마를 만나게 해줘서 고마워요.'
엄마의 향이 가득한 작은 네모가 갑자기 빛을 냈고, 그 안에
잠깐 비친 것은 엄마의 모습과 아까 봤던 작은 강아지의
모습이었다. 그래, 성공이었다.

얻고자 했던 모든 답은 얻었다. 다시 술에게 돌아가야겠다 생각했다. 고양이는 조용히 닿을랑 말랑한 거리를 유지하며 걸었다. 그리고 침묵이 너무 무거워져 차갑고 딱딱한 땅까지 내려앉았을 때 입을 열었다.

"이제 어떡하실 건가요?"
"산으로 돌아가서 술과 다시 합류해야지. 처음 만났던 곳에 데려다줄게."

고양이는 그 말에 알 수 없는 표정을 지었다. 한 번도 본 적이 없는 표정이었는데, 고양이는 고개를 숙이고 더 이상 얼굴을 보여주지 않았다. 어쩌면 고양이는 함께 있는 것에 길들여졌고, 이제는 가까운 거리에 익숙해졌기에 헤어지는 것을 속상해하고 있는 것 같았다.

고양이와의 긴 여행의 종착지는 바로 처음 만났던 산 근처, 사람들이 많지 않은 곳이었다. 처음 만난 곳까지 오는 길을

상당히 헤맸는데 그것은 아마 인간들과 너무 오랫동안 가깝게 지내면서 나의 자아를 조금씩 잃었기 때문이었다. 고양이에게 작별 인사를 하려고 했을 때 고양이는 고개를 숙인 채 침묵을 유지했다. '고양이에게 큰 상처를 줬겠구나. 지금 떠나는 것은 어쩌면 엄마가 내게 한 것과 다를 바 없는 일이야.' 나는 고양이와 당분간 있어 주기로 했다. 이 결정에 고양이는 아무렇지 않은 척 도도하게 굴었지만 처음 만났을 때의 목소리처럼 높고 명랑해져 있었다.

고양이와 꽤 긴 시간을 보냈다. 얼마의 시간이 흐른 건지조차 잊고 말았다. 아니, 사실 숫자 세는 법을 기억 못 해 얼마의 시간이 지난 것인지 알 길이 없었다. 그런데 어느 순간부터 고양이에게 밥을 주러 오는 인간을 보게 되었다. 처음에는 먼 거리에서부터 지켜보던 그녀는 조금씩 다가와 자신이 악의가 없음을 보여주려 하는 것 같았다. 고양이는 어느새 그녀의 마음에 조금씩 익숙해지는 것 같아 보였고, 그 익숙함은 점차 그 아이를 길들여 놓은 것 같았다. 그녀가 다가올 때면, 고양이를 두고 멀리 떨어져야 했다. 인간과 계속 더 이상 거리를 가까이하면 안 될 것 같았기 때문이다. 고양이는 어느새 그녀가 떠났을 때도 그녀에 대해 이야기했고, 이를 즐거워하는 것 같았다.

그러던 어느 날이었다. 그녀가 다시 한번 고양이에게 다가왔고, 고양이는 내게 달려와 말했다.

"콧구멍 님! 이 사람 오늘 또 왔어요."

고양이에게 말했다.

"잘 됐네."

"저어... 이 사람을..."

"그렇게 해. 이제 너에게도 '지입'이 필요한 것 같아. 인간을 따라가. 저 인간을 너의 집사로 택하렴."

머뭇거리던 고양이는 기뻐하며 말했다.

"너무 좋아요! 같이 가요, 콧구멍 님도."

"아니야. 이미 오래 머물렀어. 여기서 더 머물렀다간 자아를 완전히 잃게 될 거야. 여기까지가 우리의 여정인 것 같아. 이제 이별을 할 시간이 됐어."

고양이는 즐거워하던 표정을 지우고, 잊었던 표정을 지었다. 집에 데려다준다고 했을 때의 그 표정이었다. 그것은 슬픔이었다.

"아프게 할 생각은 없었는데. 네가 길들어지게 할 생각도 없었고."

"알아요."

"아는 고양이가 너밖에 없지만, 넌 세상에서 제일 지혜롭고

마음이 따뜻한 고양이야."

고양이는 품에 잠시 기대어 울었다.

그리고 잠시 후 그의 새로운 집사에게 떠나갔다. 집사는 그
아이를 '우주'라고 불렀다.

19

혼자라는 것은 익숙해지려 해도 익숙해지지 않는 묘한 감정이다. 고양이가 떠나고 인간과 가까이 살 이유가 더 이상 없었지만 무엇 때문인지 엄마가 버렸을 때 묶여 있던 그때처럼 이 자리에 묶여 지키고 있다. 인간 세계의 모든 것에 어느 정도 적응해 버린 것인지, 쾌쾌하던 공기도 시끄럽던 소리도 그리 신경 쓰이지 않게 되었다. 어느새 해와 달, 그리고 대지와 소통하지 않았고 네모진 것들에 아무런 감정도 들지 않게 했다.

시간이 유한하게 흘러가고 있던 어느 날 어디선가 부드럽고 향기로운 냄새가 콧속에 들어왔다. 그 향이 풍기는 곳을 향해 고개를 돌렸고, 그곳에는 어떤 인간과 개가 서있었다. 그들은 한참 동안 이쪽을 바라보고 있었고, 조금씩 다가오고 있었다.

"가까이 오지 마."

으르렁 위협을 하자 그들은 잠시 머뭇거리다 다른 곳을 향했다. 그들은 다음 날, 다다음날에도 몇 번을 찾아왔다. 그들이 몇 번씩 찾아오자, 그들의 향기에 익숙해지는 기분이 들었다. 코를 찡그리며 그들을 위협하는 것도 그들이 거리를 점점 좁힐수록 줄어들기 시작했고 그들이 코앞까지 다가왔을 땐 코의 주름이 다 펴져 있었다.

그는 자신의 개와 인사를 시켰다. 그 개는 멍청했다. 꼬리를 흔들어 대며 반겨 대며 계속해서 인사를 했다.

"안녕! 안녕?"

개를 무시하고 인간을 경계했다. 인간은 선뜻 다가오지 않았지만 꽤나 오랜 시간을 공들여 유순하게 거리를 좁혀왔다. 그의 차분하고 감미로운 심장소리가 들렸고 그의 냄새는 따뜻했다. 그는 가만히 눈을 마주쳤다. 위로 그를 올려다봤고, 그는 아래로 바라보았다. 그때 그는 갑자기 내려와 눈높이를 맞췄고, 어느새 그의 앞발은 주둥이 앞쪽까지 왔다. 더 이상 허물이 없어졌는지 그가 만지는 것을 허락했다. 그 남자는 머리 위에서 만지는 것이 아닌 몸에서부터 얼굴, 그리고 목을 먼저 쓰다듬었다. 부드러운 그의 손길이 목과 등을 쓰다듬었을 때, 한참 잊었던 엄마와 행복하던 시절이 떠올랐다. 그리고 그는 얼굴을 어루만져 주었다. 그가 물었다.

[예쁜 아이네? 길을 잃었니? 견주를 찾아줄까?]

왠지 모르겠지만 알아들을 수 있었기에 그를 바라보며 대답했다. '아니'

그는 몸을 일으켜 주변을 둘러보며, 옆을 계속 지켜주었다. 한참을 둘러보다 그는 앞발로 목줄을 확인했고 무엇인가를 소리 내어 읽었다. 그제서야 그토록 오랫동안 듣지 못했던 그 이름을 듣게 됐다. 오직 엄마만이 불렀던 그 이름, 술들이 오해하고 있었던 그 이름, 그리웠던 내 이름.

[DD?]

그는 내게 아주 익숙한 소리를 냈다. 고개를 돌려 그를
바라보았다.

'지금 뭐라고 했어?'

[디디]

마치 알아들었다는 듯 그는 반복해서 같은 소리를 냈다.

그리고 뭐라고 말했고, 알아들을 수 있었다.

[디디. 우리랑 같이 갈까?]

그는 목에 줄을 걸었고, 그를 따르기로 선택했다.

20

새아빠는 좋았다. 밥도 잘 주고, 잘 놀아주고, 동그라미도
많이 던져 줬다. 매일 많이 걷기도 해서 심심할 틈이 별로
없었다. 간혹 엄마 냄새가 그리울 때 문 앞에서 마냥 기다릴
때도 있다. 그럴 때면 아빠는 다가와서 무어라 말하고 꼭
안아 주기도 하고 갑자기 밖으로 데리고 나가기도 했다.
같이 사는 개는 멍청했지만 착했고, 언제나 외롭지 않게
옆에 붙어 있었다.

상처가 많이 아프지 않았고, 기쁜 날이 자주 있었다.

엄마... 엄마, 생각이 많이 나지 않는다.

어떤 날이면 고양이가 생각났는데, 그가 했던 말이 생각났다.
뭐였더라? 그래. 아빠에게 정이 들었다. 그리고 아빠와
거리가 가까워졌다. 가끔 고양이가 보고 싶을 때가 있는데,
고양이도 그럴까?

이제 고양이를 만나면 이름을 말할 수 있다.

멋진 이름, '디디.'

다시 만나게 될 때 고양이에게 이름을 알려줘야지.

그때 고양이 이름도 다시 물어봐야겠다.

Adventure of *Nostril*

EPILOGUE

오랜만에 맡아보는 익숙한 냄새가 코에 아른거렸다. 인간들의 마을은 역시나 불쾌한 냄새를 풍기는데 어떻게 이곳에 오래 사는지 알 길이 없다. 나는 이곳에 왜 다시 돌아온 것일까? 여기에 내게 남겨진 것은 아무것도 없을 텐데 말이다. 미련? 미련 따위는 개들이 갖는 것이다. 나는 술이다.

그때 멀리서 친숙하고 따뜻한 냄새가 났다. 고약한 냄새 틈에서 피어나는 그것을 향해 걸었다. 그리고 또다시 익숙한 풍경이 내 눈 안에 들어왔을 때, 나는 이유 모를 분노가 치밀어 올랐다. 결국 인간을 선택했고, 어김없이 버림을 받은 것일까? 나는 그녀에게 다가갔다. 나를 기억하는 것일까?

그녀는 묘한 웃음을 지으며 꼬리를 은은하게 살랑거리며 헉헉댈 뿐이었다. 그녀의 생명은 분명 꺼져가고 있었고 아마 12절기를 못 넘길 것으로 보였다. 내 말을 알아들을까? 아닐 것이라고 본다. 인간들 세상에 너무 오래 머무른 듯 보였다. 그녀는 아무런 말을 하지 않았다.
고정되어 있던 그녀의 줄을 풀어줬지만, 그녀는 그 자리에서 꼼짝 안 하고 움직이려 하지 않았다. 영생을 잃었기에 얼마 안 남았을 그녀의 생명을 알지 못 할리는 없었다. 그때 멀리서 인간의 목소리가 들려왔다.

"디디?"

나는 몸을 급히 숨기고, 그들을 바라봤다. 콧구멍은 그를 반기며 꼬리를 격하지만 천천히 흔들었고, 그들은 어디론가 향했다.

떠나가는 그들을 바라보며 난 알 수 있었다. 그녀는 행복했다. 그리고 진정으로 자신을 찾은 것이다. 나는 고개를 끄덕이고 그녀를 뒤로한 채 먼 길을 떠났다. 그것이 내가 콧구멍을 마지막으로 본 기억이다.

Adventure of Nostril

콧구멍의 모험

초판 1쇄 발행 2023년 9월 20일

글·스케치 H.W. NOEL BAHK
일러스트 JeNavi
기획·편집 박현민
디자인 이용혁

펴낸이 박현민
펴낸곳 우주북스
등록 2019년 1월 25일 제2020-000093호
주소 (04735) 서울시 성동구 독서당로 228, 2F
전화 02-6085-2020
팩스 0505-115-0083
이메일 gato@woozoobooks.com
인스타그램 woozoobooks
홈페이지 woozoobooks.com

ⓒH.W. NOEL BAHK

ISBN 979-11-976863-7-5 (03810)